CW01403431

Ɛ·
Pᵉ

Mɑ

EL BARCO DE VAPOR

Cerote, el rey del gallinero

Alfredo Gómez Cerdá

Ilustraciones de Jesús Gabán

Primera edición: abril 2001
Novena edición: marzo 2006

Dirección editorial: Elsa Aguiar
Ilustraciones de Jesús Gabán

© del texto: Alfredo Gómez Cerdá, 2001
© Ediciones SM, 2001
  Impresores, 15 - Urbanización Prado del Espino
  28660 Boadilla del Monte (Madrid)
  www.grupo-sm.com

CENTRO INTEGRAL DE ATENCIÓN AL CLIENTE
Tel.: 902 12 13 23
Fax: 902 24 12 22
e-mail. clientes.cesma@grupo-sm.com

ISBN: 84-348-7728-7
Depósito legal: M-8430-2006
Preimpresión: Grafilia, SL
Impreso en España/*Printed in Spain*
Orymu, SA - Ruiz de Alda, 1 - Pinto (Madrid)

1   Al este de África

Más bien al este de África, no muy lejos del gran lago Victoria, quizá en Kenia, o quizá en Uganda, o quizá en Tanzania..., el señor Motolumakoré tenía sus tierras.

No se trataba de una gran hacienda, como las que poseían algunos ricachones europeos, sino de unos terrenos humildes que había heredado de su padre, quien a su vez los había heredado del suyo.

Una parte de las tierras las dedicaba

al cultivo de algodón, de café, de cacahuetes, de caña de azúcar... Y en la otra parte, más pequeña, se encontraba su granja.

El señor Motolumakoré estaba casado con la señora Lumakoremoto y tenían un hijo y una hija de corta edad. El hijo se llamaba Maluto y la hija Toluma.

Todas las mañanas Maluto y Toluma caminaban juntos hasta la escuela del pueblo, donde una joven y simpática profesora les enseñaba a leer, a escribir, a hacer cuentas, a cantar... Y les explicaba también que el mundo no terminaba en la inmensidad del lago Victoria, ni en la llanura Serengeti, ni siquiera en las lejanas costas del océano Índico.

El señor Motolumakoré y la señora Lumakoremoto los veían partir y se sentían muy orgullosos de ellos.

Sr. MOTOLUMAKORE — TOLUMAKORE ... TO ... 1972

TOLUMA MALUTO

—Cada día son más grandes –suspiraba la señora Lumakoremoto.

—¡Por supuesto que cada día son más grandes! –rezongaba el señor Motolumakoré–. ¡Es lógico y natural! ¡No preferirás que Maluto y Toluma dejen de crecer y se queden canijos, como nuestros vecinos, los pigmeos!

—¡Oh, no!

Luego desayunaban un gran tazón de leche caliente con tortas de maíz y comenzaban a trabajar.

El trabajo era muy duro, pues tenían que atender los cultivos, por un lado, y la granja, por otro. Y aunque trabajaban a su servicio algunas personas, no paraban ni un momento.

En épocas de siembra o de recogida de la cosecha el señor Motolumakoré se levantaba muy temprano y, antes de que el sol asomara entre las montañas, se subía a su camioneta, ponía el motor en marcha y comenzaba a tocar la bocina.

—¡Vamos, gandules! –gritaba al mismo tiempo.

Los empleados del señor Motolumakoré salían de sus casas restregándose los ojos y bostezando.

Por supuesto, la señora Lumakoremoto no se libraba de los trabajos más duros y, como uno más, removía la tierra, sembraba, recogía la cosecha...

El señor Motolumakoré y la señora Lumakoremoto se afanaban mucho en el trabajo. Querían que sus tierras fueran cada día más prósperas, para que así sus hijos, cuando las heredasen, vivieran mejor que ellos.

Si sus hijos podían vivir mejor que

ellos, también vivirían mejor sus amigos y sus vecinos, y los vecinos de sus vecinos, y los amigos de los vecinos de sus amigos, y los vecinos de los amigos de los vecinos de sus amigos...

El país entero viviría mejor. Y con su país, todo el continente africano prosperaría.

Por eso, el señor Motolumakoré y la señora Lumakoremoto trabajaban sin descanso un día tras otro.

Por la noche, cuando se iban a dormir, estaban tan cansados que ni siquiera podían pronunciar su nombre completo.

—Buenas noches, Moto –decía ella.

—Buenas noches, Luma –decía él.

Y a los pocos segundos roncaban a dúo.

Y así un día tras otro.

—Hasta mañana, Moto.

—Hasta mañana, Luma.

Quizá por este motivo, todo el mundo comenzó a llamarlos señor Moto y señora Luma.

2 *La granja*

Las granjas de África no suelen ser muy diferentes de las de otras partes del mundo. Como en una gran familia, en ellas se juntan animales domésticos de todo tipo.

El señor Moto y la señora Luma, a pesar de que a veces tenían que alejarse para trabajar las tierras, no descuidaban su granja.

Con unas estacas de madera y un rollo de alambre habían construido varios corrales para separar a los animales. Clavaban las estacas en el suelo, golpeándolas con un mazo, y luego iban atando el alambre.

Pero a los animales no les debía de gustar vivir separados, pues no hacían más que saltar las vallas, que no eran muy altas, y pasarse de un corral a otro.

Era frecuente ver a una cabra y a una oveja comiéndose el mismo matorral. O a un avestruz caminando detrás de una ordenada familia de gansos. O a una vaca intercambiando secretos con un cebú de dos jorobas.

Todos los animales eran pacíficos y tranquilotes y vivían a gusto en la granja del señor Moto y la señora Luma. Sabían que allí siempre estarían bien atendidos por sus dueños.

El señor Moto y la señora Luma no se olvidaban nunca de la comida ni del agua. Ni siquiera se olvidaban de su aseo personal, pues muy a menudo limpiaban los corrales de arriba abajo para que no oliese mal.

Ellos, a cambio, les proporcionaban cremosa leche, huevos muy frescos, lana de la mejor calidad...

Pero la felicidad no era completa. Y no lo era por culpa de los animales salvajes: esos que vivían fuera de los corrales de la granja del señor Moto y la señora Luma; esos que no tenían un lugar donde guarecerse cuando llovía; esos que se pasaban la vida husmeando de acá para allá en busca de una presa.

Los fieros leones, que cuando comenzaban a rugir por la noche ponían la carne de gallina a la granja entera; excepto a las propias gallinas, naturalmente, que se subían al palo más alto del

gallinero y comenzaban a temblar de miedo.

Los veloces guepardos, que con su piel de camuflaje se deslizaban sin hacer ningún ruido.

Los monos alborotadores, que cuando tenían hambre parecían volverse locos y corrían de un lado a otro en manadas, destrozándolo todo.

Las astutas hienas, siempre en grupo, siempre al acecho.

Más de una noche el señor Moto tuvo que salir de su casa con la escopeta de dos cañones.

¡Pim Pam Pum!

Disparaba a un lado y a otro tratando de asustar a los intrusos.

—¿Qué ocurre? –le preguntaba la señora Luma que, en camisón, también había salido de la casa con una linterna en la mano.

—Creo que algún león quiere cenar a nuestra costa, o mejor dicho, a costa de los cebúes.

Con el estruendo de los disparos del señor Moto se despertaba la granja entera. Los empleados también salían de sus casas con linternas y antorchas encendidas, y eso hacía desistir al cazador entrometido.

De nuevo en la cama, sin poder conciliar el sueño, el señor Moto se quejaba en voz alta:

—No sé qué hacer, pero algo tengo que hacer. Lo que no puedo hacer es no hacer nada.

—Me estás haciendo un lío con tanto hacer y hacer –le respondía la señora Luma.

—Lo que quiero decir es que tenemos que proteger la granja de los animales salvajes, pues de lo contrario nunca podremos prosperar.

—Y si no prosperamos nuestros hijos no podrán vivir mejor.

—Ni nuestros vecinos, ni nuestros amigos, ni los vecinos de nuestros amigos... Ni nuestro país. Ni el continente africano.

Y por más que lo pensaba, el señor Moto no encontraba una solución al problema. No podía quedarse despierto toda la noche, vigilando; y aunque lo hiciera, siempre podía ser burlado por los astutos cazadores.

3   *Cerote*

No muy lejos de las tierras del señor Moto y la señora Luma, en una llanura que se extendía entre redondeadas colinas, vivía Cerote.

Cerote era grande, grandísimo, enorme.

Medía algo más de metro y medio de alto, lo que ciertamente no parece una altura considerable, sobre todo si la comparamos con la de una jirafa.

Pero de ancho era casi tan grande como de alto. De frente parecía un enorme tonel.

Lo que realmente impresionaba más de Cerote eran sus más de cuatro metros de largo, rematados por una cola que terminaba en una graciosa borla.

Cerote tenía las orejas tiesas y puntiagudas, llenas de pelos, y el hocico muy largo.

Tenía una piel tan gruesa y dura que parecía estar hecha del mismo material que las rocas. Solo podía doblarse por algunos pliegues.

Tenía unas patas más bien cortas, como si el excesivo peso no las dejara desarrollarse.

Y lo que llamaba más la atención del cuerpo robusto de Cerote era algo que estaba situado justo encima de su nariz: un cuerno muy largo, derecho y afilado, que parecía una gigantesca punta de lanza.

Cerote era un rinoceronte tranquilo y apacible, que iba a lo suyo y no se metía con nadie, y lo suyo era comer y comer a todas horas.

Como era herbívoro no necesitaba cazar. Y como era tan grande y tan fuerte nadie se atrevía a cazarlo a él. Por eso se llevaba bien con todos los animales, con los grandes y con los pequeños, con los rápidos y con los lentos, con los de pelo y con los de pluma.

Con algunas aves se llevaba de maravilla. Las dejaba que vivieran sobre su lomo pétreo a cambio de que lo picoteasen a todas horas para librarlo de algunos insectos molestos.

Cerote prefería para vivir lugares con verdes praderas y abundantes matorrales, así la comida estaba garantizada. También le gustaba que hubiera grandes charcas para zambullirse en ellas de vez en cuando y rebozarse en el barro.

A veces tenía que ponerse de acuerdo con los elefantes para bañarse, porque a ellos también les encantan las charcas.

La vida de Cerote habría transcurrido plácidamente de no ser por algunos seres humanos.

Sí, algunos seres humanos se habían empeñado en perseguir a Cerote por todas partes, a pesar de que él no les había hecho nunca nada.

La culpa la tenía su cuerno.

Los seres humanos pensaban que su cuerno tenía poderes extraordinarios y lo perseguían para quitárselo.

Cerote estaba harto de huir de los seres humanos.

A veces, para esconderse, tenía que abandonar las verdes praderas donde le gustaba vivir y refugiarse en terrenos secos y pedregosos en los que la comida

escaseaba y en los que no podía encontrar una charca donde rebozarse.

De vez en cuando, Cerote pasaba cerca de la granja del señor Moto y la señora Luma y se detenía en lo alto de una colina para echar un vistazo, sin acercarse demasiado.

«Esos sí que tienen suerte», pensaba al ver a los cebúes, a los avestruces, a las gallinas, a las cabras... «Sin mover una pata tienen la comida a su disposición.»

Luego se alejaba despacio, haciéndose preguntas que no sabía cómo responder:

«Las cabras tienen cuernos, y los cebúes, y los ñúes, y los venados, y los búfalos... ¿Por qué los seres humanos solo se fijan en el mío?»

4   El encuentro

UNA mañana, el señor Moto se alejó un poco de su granja. Se dirigía a las orillas de un riachuelo próximo a cortar hierba para sus animales. La hierba de aquel sitio les gustaba mucho a los cebúes, y la señora Luma aseguraba que, cuando la comían, daban mejor leche.

De pronto, oyó un chasquido a sus espaldas, como de una rama que se partía. Volvió la cabeza y descubrió a escasos metros a Cerote, que no le quitaba la vista de encima.

Como el señor Moto no llevaba su escopeta de dos cañones, para asustarlo comenzó a dar gritos:

—¡Eh, eh! ¡Largo de aquí, bicho enorme! ¡Eh, eh! ¡Fuera! ¡Vete de una vez!

Pero Cerote no se movía del sitio.

El señor Moto se agachó y cogió una piedra, pero entonces recordó que los rinocerontes son pacíficos, excepto cuando se enfadan. Por eso dejó caer la piedra al suelo con disimulo.

—¡Largo! ¡Eh, eh! ¡Fuera! –volvió a gritar y a mover los brazos exageradamente.

Entonces Cerote, un poco molesto por los gritos, dio unos pasos hacia él y dijo:

—¿Alguna vez me he comido yo una de tus cabras?

—No –reconoció sorprendido el señor Moto.

—¿Alguna vez me he comido yo una de tus gallinas?

—No.

—Entonces... ¿por qué me gritas de esa forma?

—Pues... no lo sé... –reconoció el señor Moto–. Pero comprende que si un ser humano se encuentra de repente con un rinoceronte, reaccione como yo he reaccionado.

—Para mí no tiene nada de especial encontrarme con un rinoceronte.

El señor Moto se fue calmando poco a poco, al comprobar que Cerote era un rinoceronte pacífico y dialogante.

—Pues... te pido disculpas por los gritos –le dijo incluso–. Te aseguro que no era mi intención molestarte.

Entonces Cerote se atrevió a confesarle sus intenciones:

—La verdad es que no estoy aquí por

casualidad. Llevaba un buen rato esperándote.

—¿Esperándome? –el señor Moto no salía de su asombro.

—Quería hablar contigo de un asunto, de algo que tal vez nos interese a los dos.

—¿Y qué cosa puede interesar a ambos?

—Verás... yo... –a Cerote le costaba trabajo revelar sus pensamientos–. A mí... me gustaría...

—¿Qué te gustaría? –le apremió el señor Moto.

—Me gustaría vivir en tu granja.

—¡Un rinoceronte en mi granja-ja-ja-ja! –al señor Moto le dio un ataque de risa–. ¡Cuándo se ha visto un rinoceronte en una granja-ja-ja-ja!

—Reconozco que no es frecuente...

—¿Frecuente dices? Un rinoceronte

en una granja es algo mucho más que extraño, mucho más que raro, mucho más que disparatado, mucho más que chocante... Es... es... ¡imposible!

A Cerote no le extrañaron las palabras del señor Moto, incluso las esperaba. Pero tenía una respuesta preparada:

—Piénsalo bien, señor Moto –le dijo–. ¿Has visto alguna vez un león atacándome? ¿O un guepardo persiguiéndome? ¿O una bandada de monos molestándome? ¿O a las hienas rodeándome?

Después de pensarlo un instante, el señor Moto respondió:

—No, no lo he visto.

—Mi gran tamaño, mi aspecto huraño y este cuerno largo y afilado que tengo sobre la nariz causan mucho respeto.

—No lo dudo –dijo el señor Moto, fijando su vista en el cuerno.

—Pero ¿aún no entiendes lo que quiero decirte? –se impacientó Cerote–. Pareces más tonto de lo que pensaba.

—Como no hables más claro...

—Yo cuidaré de tu granja día y noche.

Al oír estas palabras el señor Moto se quedó con la boca abierta.

5   *Noche en vela*

AQUELLA noche, en la cama, el señor Moto se lo dijo a su esposa antes de dormirse:

—Hoy he conocido a alguien.

—¿A quién?

—Era alguien..., no sé cómo explicarlo, un poco especial.

—¿Especial?

—Aunque, bien mirado, no tenía nada de especial, sobre todo teniendo en cuenta que era lo que era.

La señora Luma se incorporó un poco

en la cama, miró a su marido y, malhumorada, le dijo:

—Una de dos: o me dices de una vez a quién has conocido, o te callas y me dejas dormir.

—He conocido a Cerote –dijo al fin él.

—¿Y puede saberse quién es Cerote?

—Un rinoceronte.

—¡Un rinoceronte!

—El rinoceronte más grande que puedas imaginarte. Mide más de metro y medio de altura y supera los cuatro metros desde el hocico a la cola. Y pesa..., pesa... No sé cuánto pesará, pero muchísimo.

El señor Moto y la señora Luma se desvelaron aquella noche y, a pesar de que estaban muy cansados, no pudieron casi dormir por culpa de Cerote.

—Te repito que es un disparate –decía

ella–. Un animal tan grande puede ser muy peligroso.

—Pero si los rinocerontes solo se enfurecen cuando se enfadan.

—¿Y si este rinoceronte es de los que se enfadan por cualquier cosa?

—Te aseguro que Cerote es pacífico, solo desea vivir tranquilo en nuestra granja.

—Reconoce que no deja de ser extraño que un rinoceronte quiera vivir en una granja.

—Podría prestarnos un gran servicio.

—No sé, no sé...

—Evitaría los ataques de los leones, de los guepardos, de los monos, de las hienas y de todos los animales salvajes.

—¿Y qué dirán nuestros amigos cuando les contemos que el guardián de nuestra granja es un rinoceronte?

—Que digan lo que quieran.

La señora Luma se volvía hacia su lado de la cama y el señor Moto hacia el suyo. Era tardísimo y los dos sabían que, si no dormían un poco, al día siguiente se sentirían fatal.

La señora Luma se abrazó a un extremo de la almohada y el señor Moto se abrazó al otro. Los dos cerraron los ojos al mismo tiempo. Pero, cuando trataban de dormirse, una imagen aparecía en su pensamiento: la de un rinoceronte enorme que los miraba con ojos suplicantes.

—¡Está bien! –dijo al fin la señora Luma.

Lo dijo tan alto que el señor Moto se asustó y dio un salto en la cama.

—¿Qué ocurre? –preguntó.

—Solo he dicho que está bien –respondió la señora Luma–. Que si quieres puedes hablar con ese rinoceronte y decirle que el trabajo es suyo. Por cierto, ¿te habló de cobrar un salario?

—No. Lo único que quiere a cambio es la comida. ¡Ah, y también una charca para rebozarse en el barro de vez en cuando!

Solucionado el problema y terminada la discusión, el señor Moto y la señora Luma volvieron a intentar conciliar el sueño.

—Seremos el hazmerreír de toda la comarca –repetía entre dientes una y otra vez la señora Luma–. Solo a mi marido podía ocurrírsele la idea de contratar a un rinoceronte como guardián de nuestra granja.

Justo cuando los primeros rayos de sol asomaron entre los picos más altos de las montañas, sonó el reloj despertador del señor Moto y la señora Luma. El despertador imitaba el canto de un gallo.

Ki-ki-ri-kiiiiii.

—¡Oh, no! –gritó él.

—¡Oh, no! –gritó ella.

De buena gana se habrían quedado toda la mañana en la cama, durmiendo, pero pensaron en los trabajos pendientes y, restregándose los ojos, se levantaron.

6 *El guardián*

Dᴇsᴘᴜᴇ́s de desayunar, el señor Moto salió de su casa y se subió sobre el techo de su camioneta. Dio unas cuantas palmadas, para llamar la atención, y dijo:

—¡Oídme todos!

Cuando decía *todos* se refería a todos, es decir, a su propia familia, a sus propios empleados y a los animales de su granja.

Volvió a dar unas palmadas y a repetir:

—¡Oídme todos! Desde hoy esta granja tendrá un guardián, que la protegerá de los animales salvajes. El guardián se llama Cerote y... y... –iba a decir que se trataba de un enorme rinoceronte, pero no se atrevió–. Y... espero que lo tratéis con cortesía y amabilidad.

El señor Moto partió hacia el riachuelo donde el día anterior se había encontrado con Cerote.

Los animales de la granja se sorprendieron mucho, pero a todos les agradó la noticia, pues un guardián haría que se sintieran más seguros durante la noche.

—¿Quién será Cerote? –se preguntaba una gallina–. Sin duda será un tipo grandullón, con unos músculos de campeonato, buena vista y mejor oído.

—Y tendrá que ir bien armado –comentaba un avestruz–, con pistolas y rifles de precisión. Sería conveniente que tuviera unos prismáticos infrarrojos, de esos que permiten ver en la oscuridad. Así ningún intruso osará molestarnos.

—¿Cerote? –se preguntaba en voz alta el más viejo de todos los cebúes–. Qué nombre tan raro. No he conocido en toda mi vida a un ser humano que se llamase así.

—A lo mejor no se trata de un ser humano –comentó una oveja sin dejar de masticar una brizna de hierba.

—¿Qué quieres decir? –le preguntó al instante un ganso.

—En algunos sitios utilizan a perros adiestrados. Cerote podría ser un perro.

—O una cámara de televisión –dijo una cabra–. Una prima mía que vive lejos de aquí me ha contado en una carta que en su granja han instalado cámaras de televisión para vigilar.

—¡Oh! –exclamaron todos los animales a la vez.

En cuanto el señor Moto llegó al riachuelo donde crecía la hierba que tanto gustaba a los cebúes, se encontró con Cerote, que lo estaba esperando.

—¿Y qué? –le preguntó el rinoceronte.

—Trato hecho –le dijo el señor Moto, y le tendió su mano.

Pero al instante el señor Moto se dio cuenta de que a un rinoceronte no se le puede dar la mano, por eso la retiró enseguida.

—¿Cuándo empezaré a trabajar?

—Hoy mismo.

Y el señor Moto regresó a su granja seguido de Cerote. Él caminaba delante y el rinoceronte detrás, a corta distancia.

El señor Moto no tenía que volver la cabeza para cerciorarse de que su nuevo guardián lo seguía, ya que producía tal estruendo al caminar que era imposible no sentir su presencia.

Llegaron a la granja y el señor Moto se subió de nuevo sobre el techo de su camioneta.

—¡Oídme todos! –gritó–. Os presento a Cerote, el nuevo guardián.

Y como todos se quedaron con la boca abierta, el señor Moto no supo qué añadir. Se bajó de la camioneta de un salto y enseñó a Cerote la granja.

—Tendrás que poner mucha atención, sobre todo por la noche, que es cuando más visitas inoportunas recibimos. ¿Qué tal andas de la vista?

—La vista no es mi fuerte, pero soy capaz de oler a un león a varios kilómetros de distancia y mi oído es bastante fino.

—Espero que no te quedes dormido.

—Puedes estar tranquilo. Me echaré una siesta todas las tardes para mantenerme muy despierto durante la noche.

7 ¡Qué pasada de guardián!

TODO el mundo en la granja del señor Moto y la señora Luma mostraba su sorpresa ante el nuevo guardián.

No era un hombre fornido y armado.

No era un perro adiestrado.

No era una cámara de televisión.

Nadie se había imaginado que el nuevo guardián de la granja fuera un auténtico rinoceronte.

Maluto y Toluma, los hijos del señor Moto y la señora Luma, no querían ir al colegio, como otros días, sino que deseaban observar atentamente lo que hacía Cerote.

—¡Qué pasada! –exclamaba Maluto.

—¿Tú crees que cuando nos conozca un poco más nos dejará acercarnos a él para acariciarlo?

—Papá dice que sí, pero la piel de los rinocerontes es áspera y dura.

La señora Luma se acercó a ellos y los agarró por una oreja.

—Si seguís aquí, embelesados con ese animal, llegaréis tarde al colegio –les dijo.

—No pasará nada porque perdamos un día de clase –se atrevió a insinuar Maluto.

—¿Qué has dicho? –a la señora Luma le salió el mal genio–. ¿Qué palabras insensatas han entrado por mis orejas?

—No he dicho nada, mamá –rectificó enseguida Maluto–. Ahora mismo cogemos nuestra cartera y nos vamos al colegio. Iremos corriendo para no llegar tarde. ¿Verdad, Toluma?

—Sí, eso haremos.

Muy a su pesar, Maluto y Toluma se fueron a toda prisa en dirección al colegio. Al principio, y para que su madre los viera, iban corriendo; pero en cuanto se alejaron un poco de la granja dejaron de correr.

—¡Qué pasada, hermanita! –repetía Maluto.

—Pues yo quiero acariciar a Cerote, aunque tenga la piel tan dura como una plancha de acero –insistía Toluma.

—Yo preferiría tocarle ese cuerno tan grande que tiene.

—No creo que eso le guste.

46

—¿Por qué?

—No sé, pero creo que si le tocas el cuerno se enfadará. Y recuerda lo que nos ha advertido papá: los rinocerontes son pacíficos, excepto cuando se enfadan.

Maluto y Toluma estaban tan emocionados con el nuevo guardián de su granja que se olvidaron otra vez del colegio. Caminaban sin prisa, muy despacio, deteniéndose incluso de vez en cuando.

—Mis amigos no se lo van a creer –decía Maluto–. Algunos ni siquiera han visto un rinoceronte de verdad en su vida.

—Todos querrán verlo.

—Como muy pronto va a ser mi cumpleaños, los invitaremos una tarde a merendar y luego nos haremos una fotografía con Cerote.

—¿Tú crees que a Cerote le gustará hacerse fotografías?

—Espero que no tenga inconveniente.

Maluto y Toluma llegaron muy tarde al colegio. Llamaron a la puerta antes de entrar.

—Buenos días –dijeron mientras se encaminaban a sus pupitres.

—Buenos días –les respondió la profesora, y enseguida les preguntó–: ¿Qué ha pasado hoy? ¿Se os han pegado las sábanas?

—Al contrario –respondió enseguida Maluto, que estaba deseando contar lo sucedido–. Hoy nos hemos levantado antes que nunca para ver al guardián de nuestra granja.

—Así que tenéis un guardián en la granja –comentó la profesora.

—Se llama Cerote y es un rinoceronte –dijo Toluma.

La carcajada fue general y estruendosa. Todos los niños y niñas se rieron con ganas e, incluso, la profesora no pudo contener la risa.

Maluto, entre sorprendido y enfadado, les dijo:

—Reíros todo lo que queráis, que ya me reiré yo de vosotros cuando pongáis cara de tontos al ver a Cerote.

Y un poco molestos, Maluto y Toluma se sentaron en sus pupitres.

8   *Un rinoceronte será siempre un rinoceronte*

LOS empleados del señor Moto y de la señora Luma no estaban muy tranquilos debido a la presencia de Cerote.

—Un rinoceronte será siempre un rinoceronte –decían.

—Eso ya lo sé –respondía el señor Moto.

—Cualquier día le da una ventolera y destroza la granja entera –añadían los empleados–. Y lo peor sería que se llevase a alguno de nosotros por delante.

¡Menudos son esos bichos cuando se enfadan!

—Eso no sucederá.

—Es un animal salvaje.

—Cerote es pacífico –insistía el señor Moto–. ¿Cuántas veces he de repetirlo? ¿Es que no veis la cara de buena gente que tiene?

—Pero, se ponga usted como se ponga, un rinoceronte será siempre un rinoceronte –repetían obstinadamente los empleados del señor Moto y la señora Luma.

Entre los animales de la granja la sorpresa fue morrocotuda. Ninguno salía de su asombro. Un poco asustados por la presencia imponente del rinoceronte, permanecían muy quietecitos en sus corrales, sin atreverse a dar un paso.

—¡Menudo guardián! –exclamó una gallina–. Creo que el señor Moto está chaveta.

—Yo debo reconocer que los rinocerontes nunca han atacado a los avestruces –dijo un avestruz.

—Ni a los cebúes –dijo un cebú.

—Ni a los gansos –dijo un ganso.

—Ni a las cabras –dijo una cabra.

—Ni a las ovejas –dijo una oveja.

—Tampoco han atacado a las gallinas –replicó la gallina–. Pero tendréis que reconocer que no es normal que un rinoceronte se convierta en el guardián de la granja.

Después de mucho discutir, llegaron a la conclusión de que un rinoceronte siempre sería un rinoceronte, es decir, un animal salvaje, y su presencia en una granja no dejaba de ser inquietante.

A mediodía sonó el teléfono de la casa del señor Moto y la señora Luma. Lo cogió la señora Luma.

—¿Diga?

—¿Cómo estás, mi queridísima y adorable Luma, reina de los amaneceres sobre las aguas del lago?

Solo había una persona que hablase de esa forma tan cursi por aquellos lugares. Se trataba de la señora Kalitamala, la cuñada de la señora Luma.

—Tanto tu hermano Moto como yo nos encontramos bien de salud –respondió la señora Luma–. Y los niños mejor todavía. Y tú, Kalitamala, ¿cómo te encuentras?

—Bien –respondió simplemente la señora Kalitamala.

La señora Luma no podía creerse que su cuñada le hubiera respondido que bien, cuando lo normal era que comenzase a enumerarle todos sus males, que, según ella, eran muchísimos.

—¿Hoy no te duele la cabeza? –preguntó no obstante la señora Luma.

—No.

—¿Has hecho bien la digestión?

—Sí.

—¿No tienes dolores en las rodillas?

—No.

La señora Kalitamala se cansó del interrogatorio y fue directamente al grano:

—Oye, Luma, reina mía, dime una cosa: ¿es verdad que tenéis un rinoceronte como guardián de vuestra granja?

—Ya veo que las noticias vuelan.

—Pero... ¿es verdad?

— Sí –reconoció la señora Luma.

—¿Acaso mi hermano ha perdido el juicio? ¿Acaso lo habéis perdido ambos?

—Es un rinoceronte monísimo. Solo mide metro y medio de alto y más de cuatro metros de largo. Y pesa... no te puedes imaginar lo que pesa. Parece buen chico.

—¡Pero un rinoceronte será siempre un rinoceronte! –exclamó algo alterada la señora Kalitamala.

9 Rugidos

CEROTE no tuvo que esperar mucho tiempo para demostrar sus cualidades como guardián.

Por la noche, y mientras todos –personas y animales– dormían plácidamente en la granja, Cerote se paseaba de un lado a otro, muy atento a cualquier ruido extraño, a cualquier olor que no fuese habitual, a cualquier sombra que se moviera más de la cuenta.

Gracias a la siesta que había echado por la tarde no tenía ni pizca de sueño.

Pasada la medianoche se escuchó un potente rugido, que despertó e intranquilizó a muchos animales.

—Solo los leones son capaces de rugir de esa manera –se dijo Cerote en voz alta.

Entonces el rinoceronte comenzó a vigilar con más atención. Iba de un lado a otro de la granja y de vez en cuando rodeaba los corrales y las casas, para asegurarse de que ningún intruso anduviera escondido por allí.

Poco después notó un olor fuerte e intenso, que el viento le acercaba hasta su hocico.

—Solo los leones huelen así –volvió a decir en voz alta.

Y corrió hacia el lugar de donde procedía el olor.

Semiescondidos entre unas hierbas muy altas se encontró a varios leones.

—¿Adónde vais? –les preguntó con decisión y un poco de arrogancia.

El más viejo de los leones se acercó y, en tono burlón, le respondió:

—¿Y tú qué crees? Lo que has oído hace un momento no era un rugido de nuestras gargantas, sino un rugido de nuestras tripas. Estamos muertos de hambre.

—¿Y pensáis satisfacer vuestro apetito con uno de los animales de la granja del señor Moto y la señora Luma? –les preguntó Cerote.

—Con uno, o con varios –respondió el león.

—No os lo permitiré –dijo entonces muy seguro el rinoceronte–. Sabed que soy el nuevo guardián de la granja.

Cerote y el león más viejo estuvieron un buen rato hablando, o mejor dicho, discutiendo acaloradamente.

—Si no nos dejas pasar te comeremos a ti –amenazó el león.

—Mi piel es tan dura que ni vuestras garras ni vuestros colmillos pueden clavarse en ella. Además, si me atacáis, sabré defenderme. ¿Te has fijado en lo que tengo sobre la nariz? Con este cuerno podría atravesarte de parte a parte.

—No podrás con todos nosotros –continuaba el león–. Mientras alguno te entretiene, los otros atacaríamos la granja.

—Entonces produciría tal estruendo que despertaría a todo el mundo. El señor Moto saldría de su casa con su escopeta de dos cañones.

—¡Maldito unicornio! –exclamó el león, visiblemente molesto.

Los leones dieron media vuelta y comenzaron a alejarse. Pero antes de marcharse, el león más viejo le dijo a Cerote:

—Yo soy el rey de la selva, y lo seguiré siendo aunque tú no me dejes cazar en la granja. Pero mírate en el agua de una charca y pregúntate quién eres y en qué te has convertido.

—Soy un rinoceronte joven, sano y robusto –replicó Cerote–. Y si tú eres el rey de la selva, desde ahora yo soy el guardián de esta granja.

El león más viejo llamó la atención de los demás leones y, sin poder contener una carcajada, les dijo:

—¡Volved la vista un momento, no os perdáis la ceremonia!

—¿Qué pretendes? –preguntó Cerote, algo sorprendido.

El león más viejo se aclaró la garganta y dijo con mucha solemnidad y algo de chufla:

—Como rey de la selva que soy, y por el poder que todos los animales me reconocen, te nombro desde esta noche rey del gallinero. ¡Ja, ja, ja!

Aunque los leones se rieron de lo lindo, Cerote no se molestó. A él no le importaba que se burlasen de él llamándolo despectivamente rey del gallinero.

10 ¡Viva Cerote!

A la mañana siguiente todo eran felicitaciones para Cerote en la granja del señor Moto y la señora Luma. No solo alabaron su comportamiento y su valentía los dueños de la granja, sino que los animales que allí vivían se mostraban muy contentos.

—¿Qué me dices ahora? –le preguntaba un cebú a una gallina–. ¿Todavía sigues dudando de nuestro nuevo guardián?

—Desde luego que no –respondía la gallina.

—Desde ahora todos los animales de esta granja podremos dormir tranquilos –aseguraba un avestruz.

—Cerote velará por nosotros.

Los animales de la granja estaban tan contentos que, cuando vieron a Cerote, su alegría se desbordó y comenzaron a aplaudirle.

—¡Viva Cerote! –gritaban unos.

—¡Viva nuestro guardián! –gritaban otros.

Cerote, gratamente sorprendido, agradecía las muestras de entusiasmo haciendo algunas torpes reverencias.

En el colegio, Maluto y Toluma presumieron ante todos sus compañeros. No solo tenían un rinoceronte en su granja, sino también al mejor guardián que podían haber encontrado.

Y la señora Luma telefoneó incluso a su cuñada, la señora Kalitamala:

—No puedes imaginarte la suerte que hemos tenido. Esta noche Cerote, nuestro rinoceronte guardián, ha impedido el ataque de una manada de leones hambrientos.

—¿De verdad? –se sorprendió Kalitamala.

—Tan cierto como que ahora tengo el teléfono entre las manos.

—¡Oh!

A la noche siguiente Cerote tuvo que cerrar el paso a un esbelto y ágil guepardo, que se deslizaba sigilosamente sobre sus largas patas dobladas.

—¡Alto ahí! –le dijo Cerote.

—Hola, amigo rinoceronte –le saludó el guepardo ingenuamente–. Por favor, no metas ruido, pues me dirijo a esa granja con intención de comer alguna cosilla.

—¿Así que pretendes comerte alguna cosilla? –sonrió Cerote–. Imagino que para ti una cosilla será una oveja joven y tierna, o media docena de gallinas...

—Por ejemplo –el guepardo ya se relamía de gusto.

—¡Pues te has equivocado de sitio! –le dijo tajantemente Cerote–. Yo soy el guardián de la granja y si das un paso más tendrás que vértelas conmigo.

Cerote se inclinó un poco hacia delante para que el guepardo pudiera ver su amenazante cuerno.

—Pero tú eres un rinoceronte... –empezó a razonar en voz alta el guepardo.

—Naturalmente.

—Y los rinocerontes son animales salvajes.

—Naturalmente.

—Entonces... ¿cómo es posible que un animal salvaje se convierta en el guardián de una granja?

Cabizbajo, sin entender lo que estaba pasando, el guepardo se alejó poco a poco de allí.

Muy satisfecho, Cerote se pasó el resto de la noche vigilando, muy atento. Y cuando a la mañana siguiente le dijo al señor Moto y a la señora Luma que había impedido que el guepardo *cenase* en la granja, estos volvieron a colmarle de elogios.

Los animales de la granja no salían de su asombro y lo único que se les ocurría era aplaudir y dar gritos.

—¡Tres hurras por Cerote!

—¡Tres hurras por nuestro guardián!

Es sabido que los animales de las granjas son muy escandalosos.

11   ¿Quién grita?

TAN solo llevaba una semana Cerote en la granja del señor Moto y de la señora Luma y ya era el animal más popular. Su nombre corría de boca en boca, y todos, sin excepción, alababan su forma de actuar.

—Desde que está Cerote aquí, hasta salimos a dar un paseo con las crías después de cenar –decían los gansos–. Un paseíto antes de dormir sienta de maravilla.

—Desde que está Cerote aquí, nos

atrevemos a llegar hasta las acacias del camino –decían las ovejas–. Hay una hierba por allí fresca y sabrosa.

Los animales de la granja se sentían mucho más seguros con Cerote a su lado a todas horas.

Una noche, mientras el rinoceronte hacía su ronda, escuchó un ruido extraño, como unos gritos a lo lejos. Se detuvo y aguzó el oído. Los gritos no cesaban y, además, cada vez se oían más cerca.

Cerote movió la cabeza de un lado a otro.

—Solo puede tratarse de una pandilla de monos –dijo en voz alta.

Y no se equivocaba.

—¿Quién está hablando de nosotros? –preguntó al momento uno de los monos, que asomó su cabeza entre el follaje espeso de un árbol.

—¿Podéis decirme qué hacéis por aquí a estas horas de la noche? –Cerote respondió con otra pregunta.

—Como aún no hemos cenado, pensábamos hacerlo en la granja –respondió el mono.

—¿Acaso os han invitado los dueños a cenar?

Todos los monos comenzaron a reír a carcajada limpia.

—Nosotros no necesitamos invitación –le dijo el mono que llevaba la voz cantante–. Tenemos por costumbre invitarnos solos.

—Mala costumbre es esa –replicó Cerote–. Sabed que soy el guardián de la granja y el primero que dé un paso probará lo afilado que está mi cuerno.

Cerote inclinó un poco la cabeza, para mostrarles su cuerno puntiagudo. Los monos, entre sorprendidos y desconcertados, dieron un paso atrás. No podían entender por qué motivo un auténtico rinoceronte se había convertido en el guardián de una granja.

—¿Tú cuidas este gallinero? –le preguntó incrédulo el mono más viejo de la manada.

—Querrás decir esta granja –le corrigió Cerote–. Pues sí, la cuido.

—¿Trabajas entonces para los seres humanos?

—Es evidente.

El mono más viejo de la manada no salía de su asombro.

—Pero ¿no te das cuenta de que los seres humanos, con sus cultivos, con sus abonos venenosos, con sus rebaños de animales domesticados, con sus incendios provocados..., nos están echando de nuestras tierras?

—Yo... –Cerote quedó un poco des-
concertado con las palabras del mono–.
Yo... estoy a gusto aquí.

—¿Olvidas también que los seres humanos han acabado con casi todos los de
tu especie? –el mono más viejo de la
manada le recordó a Cerote lo que más
le dolía.

—No puedo olvidarlo –reconoció el
rinoceronte.

—Entonces sabrás que los seres humanos os persiguen y os matan para
arrancaros el cuerno.

—Claro que lo sé; pero el señor Moto
y la señora Luma nunca harían eso conmigo. Yo protejo su granja y ellos me
protegen a mí.

—Y a nosotros ¿quién nos protege?

Cerote se encogió de hombros.

Los monos comenzaron a alejarse,
contrariados y más hambrientos todavía.

Pero aún el más viejo de la manada se volvió un instante y le dijo a Cerote:

—No sé si aún eres un animal salvaje e indómito o ya te has convertido en una de esas gallinas alborotadoras.

12　*Concierto de aullidos*

ALGUNOS días después de la visita de los monos, mientras Cerote, como de costumbre, daba vueltas a la granja para evitar que algún intruso se acercase, escuchó un aullido.

Se detuvo en seco y estiró cuanto pudo sus grandes orejas para oír mejor.

—¿Serán otra vez los monos? –se preguntó–. ¿Serán perros salvajes? ¿Serán chacales?

Al primer aullido le siguió otro, y luego otro. Finalmente, se mezclaron tantos aullidos que parecía un auténtico concierto en medio de la noche.

—Solo hay un animal que pueda aullar de esa manera –razonó Cerote.

Luego, entre unos matorrales vio brillar unos cuantos ojos. A cualquier otro esta visión lo habría espantado, pero un rinoceronte de más de cuatro metros de largo no le tiene miedo a nada.

—¡Salid de ahí! –gritó.

Poco a poco fueron saliendo de entre los matorrales media docena de hienas.

—Buenas noches, Cerote, amigo –lo saludó amablemente la más astuta de las hienas–. Pasábamos casualmente por aquí y nos dijimos: «¿Por qué no hacer una visita de cortesía a Cerote, el más apuesto y robusto rinoceronte que han visto estas tierras?». Y aquí nos tienes. Como verás, a pesar de la mala reputación que algunos nos adjudican, somos corteses y educadas.

Y mientras la hiena más astuta regalaba los oídos a Cerote, las demás comenzaron a deslizarse sigilosamente hacia la granja. El rinoceronte estaba un poco confundido, pero pronto cayó en la cuenta del engaño.

—¡Que nadie dé un paso más o probará la fuerza bruta de mis músculos! –gritó.

Las hienas se quedaron paralizadas.

Solo la más astuta trató aún de convencerlo, ablandando su corazón. Por eso le explicó todas las desdichas que estaban sufriendo.

—La comida escasea y tenemos hambre. En los últimos días solo hemos comido los asientos de cuero de un viejo coche abandonado.

—Lo siento mucho, pero no puedo remediarlo –se excusó Cerote.

—Si nos dejas pasar, te prometemos comer lo imprescindible, es decir, lo justo para saciar el hambre.

—No os dejaré.

—Entre los cultivos, las granjas de los seres humanos y la sequía, que dura varios meses, la mayor parte de los animales se han marchado. Cazar se ha convertido en algo muy difícil.

—Me hago cargo, pero... –Cerote no quería dar su brazo a torcer.

—¿No te apiadarás de nosotras?

—¡No, no y no! –Cerote trató de ponerse arrogante para demostrar que él era quien allí mandaba–. Y ya estoy harto de oír vuestras monsergas, y las de los monos, y las del guepardo, y las de los leones...

—Es natural, vivimos en el mismo sitio y tenemos los mismos problemas.

Luego Cerote dio un tremendo bufido

y movió violentamente su cabeza de un lado a otro. Su cuerno brilló en medio de la noche, iluminado por la luz de la luna.

A las hienas se les erizaron los pelos de miedo y comenzaron a huir.

Aquella noche, y las siguientes, Cerote empezó a darle vueltas y más vueltas a su cabeza.

Estaba realmente a gusto en la granja del señor Moto y la señora Luma; sin embargo, no podía dejar de pensar en los leones, en el guepardo, en los monos, en las hienas..., y en el resto de los animales salvajes, de los que él mismo formaba parte.

Recordaba también lo que le había llamado el león más viejo, en tono despectivo: rey del gallinero.

«¡Rey del gallinero!», se repetía una y

otra vez Cerote. Desde luego aquella frase no era un halago, sobre todo si se le decía a un auténtico rinoceronte.

13   Una corona para el rey

A medida que pasaban los días, Cerote iba comprobando que todos en la granja se esmeraban por agradarle. Realmente era un ser afortunado.

El señor Moto y la señora Luma se encargaban en persona de su comida y, sin que él lo pidiera, le aumentaban la dosis cada dos por tres.

—Hemos pensado traerte un poco más de esta hierba tan verde –le decía el señor Moto.

—La hemos mezclado con los tallos

más tiernos de ese matorral que tanto te gusta, el de las florecitas anaranjadas –añadía la señora Luma.

—Muchas gracias –correspondía con amabilidad Cerote–. Pero no es necesario que...

—Más vale que sobre –le decía siempre el señor Moto, dibujando una amplia sonrisa en su rostro.

—Come cuanto te apetezca –añadía siempre la señora Luma.

Las ovejas de la granja le regalaron un enorme y mullido colchón de lana.

—Es para ti, Cerote, para que puedas dormir la siesta más a gusto.

—¡Oh, qué detalle! –se sorprendió Cerote–. Muchas gracias, ovejas.

—Está hecho con nuestra propia lana, que, no porque nosotras lo digamos, es de la mejor calidad.

—¡Qué blandito! –Cerote se dejó caer sobre el gigantesco y mullido colchón de lana y se estiró cuan largo era, ante el alborozo de las ovejas.

Los avestruces le regalaron una almohada grandísima.

—Para que puedas apoyar tu cabeza –le dijeron muy sonrientes.

Cerote apoyó la cabeza y comprobó que era en verdad muy cómoda.

—¡Qué chulada! –exclamó muy contento–. Creo que seré el primer rinoceronte que duerma con almohada. Muchísimas gracias, avestruces.

Los gansos le hicieron un gigantesco edredón, por supuesto relleno de plumón de ganso.

—Para que puedas taparte si hace frío

–le dijeron–. Como ya habrás oído contar por ahí, nuestro plumón es el mejor para los edredones.

—¡Qué bonito! –volvió a exclamar Cerote–. ¡Y qué colores tiene tan vistosos!

—Si te tapas con él nunca pillarás un resfriado.

—¿Cómo podré agradecéroslo, queridos gansos?

Todos los animales de la granja, sin excepción, le fueron regalando cosas a Cerote.

Para el final se quedaron las gallinas.

Se las notaba nerviosas y muy alborotadas, como si quisieran dar una auténtica sorpresa al rinoceronte.

De repente, todas juntas salieron del gallinero apelotonadas, sin poder disimular la emoción. Llevaban en alto una gran caja de cartón.

EL REY DEL GALLINERO

—Toma, Cerote, es para ti –le dijeron.

—¿Qué hay dentro de la caja? –preguntó el guardián.

—Ábrela y lo descubrirás.

Con un poco de impaciencia, algo nervioso, Cerote abrió la caja de cartón con sus torpes patazas. Dentro había una corona dorada muy grande.

—¡La hemos hecho nosotras! –gritaron todas las gallinas a la vez.

Y sin dejarle reaccionar, las gallinas cogieron la corona y se la pusieron a Cerote sobre la cabeza.

Luego, todos los animales de la granja comenzaron a aplaudir. Cerote iba a hacer una pequeña reverencia, para corresponder a los aplausos; pero pensó que si se inclinaba se le caería la corona, por eso se quedó quieto, un poco alelado.

14   *No soy un animal doméstico*

16

ABRUMADO por tantos halagos y por tantos regalos, Cerote se dirigió a su charca para tomar un largo y relajante baño. Lo necesitaba, y no precisamente porque estuviera más sucio que de costumbre.

Se sorprendió al encontrar junto a la charca una gigantesca bañera, con agua caliente e hidromasaje incluidos, regalo de los cebúes, y una ducha portátil, regalo de las cabras.

Probó la una y la otra, pero finalmente prefirió su charca turbia y cenagosa.

Antes de meterse en la charca, observó la superficie del agua estancada y, entre algunas hojas que habían caído de los árboles, descubrió su propia imagen.

Estuvo un buen rato mirándose y mirándose en aquel espejo verdoso y, por más que lo intentaba, no podía apartar de su pensamiento las palabras del león más viejo:

¡Rey del gallinero!

Le dieron ganas de dar una fuerte sacudida con su cabeza y hacer que aquella corona dorada saliera despedida por los aires. Pero pensó en los animales de la granja, en las propias gallinas que se la habían regalado, y se contuvo.

No podía evitar sentirse un poco ridículo con ese aspecto; pero... ¿cómo explicárselo a los animales de la granja, que tanto cariño le tenían?

Harto de ver su propio reflejo, se zambulló de golpe en el agua de la charca y se rebozó en el barro a sus anchas.

Pensaba que ni la mejor bañera del mundo, con agua caliente e hidromasaje incluido, ni la mejor ducha portátil, podían compararse con una buena charca, llena de barro, sapos y culebras.

Al cabo de media hora salió del agua y, con el cuerpo cubierto de lodo, se tumbó a tomar el sol.

Y al contrario que en otras ocasiones, Cerote no se quedó plácidamente dormido a los pocos segundos.

Algunos pensamientos le quitaban el sueño: «¿Soy un animal salvaje o ya me he convertido en un animal doméstico?», se preguntaba.

Repasaba su vida durante los últimos días y se veía siempre al lado de los seres humanos, rodeado de animales tan pacíficos y sumisos como ovejas, gallinas, cebúes...

Pero cuando iba a llegar a la conclusión de que se había convertido en un animal doméstico, recordaba a sus padres y a sus hermanos, de los que no sabía nada desde hacía mucho tiempo. Recordaba también las grandes praderas donde había vivido en compañía de los más fieros y rápidos cazadores, de los colosales elefantes, de las jirafas larguiruchas, de los rebaños de impalas y de cebras...

Se dio cuenta Cerote de que había algo común a todos los animales salvajes y que los domésticos habían perdido: la libertad.

A pesar de los innumerables peligros,

los animales salvajes vivían libres en las praderas inmensas de la sabana o en la frondosidad de la selva.

—¡Soy un animal salvaje! –gritó de pronto, como si quisiera convencerse a sí mismo.

Y al mirar a su alrededor y descubrir la granja del señor Moto y la señora Luma, volvió a gritar:

—¡Soy un animal libre!

Luego, malhumorado porque sus propios pensamientos no le dejaban conciliar el sueño, se levantó y se dio un paseo por los alrededores; pero sin alejarse demasiado, pues no quería que ningún animal salvaje lo descubriese con la corona puesta.

Solo dejaba que se le acercasen algunos pájaros, que se le posaban en el lomo y, a picotazo limpio, lo libraban de los insectos fastidiosos.

15   El mejor juguete

MALUTO Y TOLUMA, los hijos del señor Moto y la señora Luma, también querían regalarle cosas a Cerote. Cuando regresaban del colegio por la tarde, se encerraban en su habitación y comenzaban a hacer dibujos.

En un dibujo se veía un árbol muy alto.

En otro dibujo, un lago muy grande con una pequeña barca de pescadores varada en la orilla.

En otro, una montaña muy alta con la cumbre nevada.

En otro, un rinoceronte con una corona en la cabeza.

Le llevaban los dibujos a Cerote y con chinchetas los clavaban en los troncos de los árboles.

—Son para ti, Cerote –le decía Maluto.

—Los hemos hecho nosotros –añadía Toluma.

—Este árbol es una acacia, como las que hay en las tierras de mis padres.

—Y este lago es el lago Victoria, que no está lejos de aquí. El verano pasado hicimos una excursión hasta allí con los del colegio.

—Y esta montaña es el Kilimanjaro.

—Y este rinoceronte eres tú.

Cerote se quedaba mirando fijamente los dibujos. ¿Era él ese rinoceronte con una corona dorada sobre la cabeza, vestido con un albornoz floreado, que salía de una bañera como dando pasitos de ballet?

Pero Cerote siempre había sido un tipo educado. Por eso, se aguantaba las ganas de decirles a los niños que le habían dibujado realmente ridículo. Y por el contrario, forzando una sonrisa, les agradecía el detalle:

—Sois muy amables. Vuestros dibujos quedan muy bonitos colgados de los árboles. Son... son... muy decorativos.

—¿Te gustan? –insistían los niños.

—Pues claro que sí.

—Entonces mañana te traeremos más –decía Maluto entusiasmado–. Yo te dibujaré tirándote en paracaídas desde un avión.

—Y yo te dibujaré patinando.

Al día siguiente, Maluto y Toluma no se limitaron solo a llevarle los nuevos dibujos, sino que además invitaron a todos sus compañeros de colegio.

En torno a Cerote se formó una algarabía tremenda.

—Yo quiero tocarle el cuerno –decía un muchacho inquieto con unos ojos muy grandes.

—Yo quiero tocarle la piel, para ver si es tan dura como dicen –comentaba una niña con el pelo muy rizado.

—¿Y si le tiro del rabo se enfadará? –preguntaba el más travieso de todos.

Al comprobar que Cerote era pacífico, los niños hasta se le subieron encima y, como si fuera un caballo, pretendieron montarlo.

—¡Arre, Cerote! ¡Arre!

—¡Vamos a echar una carrera!

Se hicieron montones de fotografías con él, para poder enseñarlas a sus familias: a su lado, sobre su enorme lomo, dándole de comer, haciendo un corro a su alrededor...

Cuando los niños se despidieron de Maluto y Toluma, estaban locos de contento.

—Otro día volveremos –decían todos.

El niño inquieto de los ojos grandes se acercó a Maluto y Toluma y les dijo:

—Mis padres me compran de vez en cuando algún juguete, pero ningún juguete es tan bueno como Cerote. Es el mejor de los juguetes.

Cuando Cerote oyó que le estaban llamando juguete, le dieron ganas de dar un bufido con todas sus fuerzas, para que aquellos niños tan escandalosos se llevaran un buen susto. Pero como era tan buena gente, no abrió la boca.

16   *Flan*

Aunque durante la noche Cerote no se ponía la corona que le habían regalado las gallinas, no podía evitar ese sentimiento de ridículo que se había apoderado de él.

No hacía más que pensar en su nueva vida, llena de comodidades. Y sobre todo había una pregunta que le preocupaba mucho: ¿había dejado ya de ser un animal salvaje y libre?

Todas las apariencias indicaban que sí.

Pero él se rebelaba y se repetía una y otra vez la misma frase:

—¡Un rinoceronte será siempre un animal salvaje y libre!

Una noche, mientras vigilaba la granja del señor Moto y la señora Luma, oyó un ruido sospechoso.

Aguzó el oído y olfateó, moviendo su cabeza en distintas direcciones.

—Huele a león –se dijo al cabo de un rato–. Pero no huele mucho. Seguro que están lejos de aquí.

Pero al momento escuchó otro ruido. Sin duda alguien se acercaba hacia la granja, y quien fuera debía de ser bastante torpe, pues no tenía ningún cuidado.

—¿Quién anda por ahí? –preguntó Cerote en tono amenazador.

Y de entre unas hierbas muy altas salió un cachorro de león.

—Soy yo –dijo el cachorro.

—¡Caramba! –exclamó Cerote sorprendido–. Ya decía yo que olía a león, pero poco. ¿Dónde están tus padres? ¿Dónde está tu manada?

Cerote y aquel cachorro tuvieron una larga conversación.

El cachorro, que se llamaba Flan, le explicó al rinoceronte que todos los leones de la zona se habían tenido que marchar porque no encontraban qué comer.

Él se había perdido persiguiendo a un zorrillo y no había encontrado el rastro de los suyos. Desde entonces vagaba de un lado a otro sin saber qué hacer.

—¿Tienes hambre? –le preguntó entonces Cerote.

—Durante la última semana solo he conseguido cazar un ratoncillo.

Cerote miró detenidamente a Flan y

FLAN

comprobó que estaba muy flaco. Se le notaban todos los huesos de su cuerpo y sus costillas parecían las cuerdas de una guitarra. Si no comía pronto, las fuerzas le abandonarían por completo y moriría.

—Yo... soy herbívoro –le dijo Cerote–. Te podría dar parte de mi comida, pero no creo que te guste.

—Los leones no comemos hierba –se limitó a responder Flan.

Cerote pensaba y pensaba.

Podría dejar entrar a Flan en la granja para que comiera algo. Como aún era pequeño, seguro que saciaba su hambre con un par de gallinas. Y un par de gallinas menos, desde luego, no causaría la ruina al señor Moto y a la señora Luma.

Él mismo había observado cómo ellos entraban a menudo en el gallinero y sacaban una gallina, que sujetaban por las patas, boca abajo. Y gallina que salía de aquella forma del gallinero, gallina que desaparecía.

Si el señor Moto y la señora Luma podían comerse las gallinas, y los corderos, y la leche de los cebúes, y los huevos de los avestruces..., ¿por qué Flan tenía que morirse de hambre?

Pero, por otro lado, Cerote pensaba que era el guardián de la granja, y un guardián tiene sus obligaciones, y la primera obligación es cuidar de los animales.

Cerote miró una vez más a Flan y le preguntó:

—¿Crees que con un par de gallinas se calmará tu hambre?

—¡Un par de gallinas! –exclamó Flan, relamiéndose el hocico–. Creo que sí.

—Pues entra sin hacer ruido. El ga-

llinero está al final del camino, a la de-
recha. Pero prométeme que solo te co-
merás un par de gallinas.

—Lo prometo –dijo Flan.

Y sin perder un segundo el cachorro
se internó por el camino hacia el gallinero.

17   Alboroto general

FLAN cumplió su promesa, y aunque ganas no le faltaron, solo se comió dos gallinas, que además, y por culpa de la oscuridad del gallinero, no fueron ni las más gordas ni las más tiernas.

No obstante, a la mañana siguiente la noticia corrió por toda la granja como un río desbordado después de una fuerte tormenta.

—¡Esta noche han entrado en el gallinero!

—¿Quiénes?

—Creo que una manada hambrienta de feroces leones.

—¡Qué horror! ¿Y cuántas gallinas faltan?

—No lo sé, pero muchas.

Como siempre que una noticia corre de boca en boca, las cosas se exageraban una barbaridad.

Los cebúes, indignados, rodearon a Cerote.

—¿Y tú no te diste cuenta? –le preguntaron.

—Pues... no –respondió Cerote, tratando de aparentar seguridad.

Las cabras y las ovejas se unieron a los cebúes.

—Seguro que te quedaste dormido –le dijo una cabra malencarada y gruñona.

—No cerré los ojos ni un instante –le replicó Cerote.

—¡Bah! –una oveja hizo un gesto despectivo–. Los rinocerontes no veis ni a tres montados sobre un burro. Mucho volumen, mucha musculatura, mucho cuerno... Pero de vista, nada de nada.

—Compenso mi mala vista con otras cualidades –Cerote comenzaba a sentirse molesto por los reproches de los animales de la granja, a los que consideraba sus amigos.

Después llegaron los gansos, como siempre en fila india, y los avestruces.

—¡Un guardián, un verdadero guardián, no puede permitir que pasen estas cosas! –gritaba el ganso que marchaba delante.

—¡Debes protegernos mejor! –decía un avestruz un poco patoso que no dejaba de mover las alas.

—Os aseguro que he vigilado como

siempre, pero... –Cerote trataba de capear el temporal–. Un fallo puede tenerlo cualquiera.

—¡El guardián de la granja no puede fallar! –gritaba el ganso que marchaba delante.

—¡Porque si falla el guardián pasa lo que pasa! –gritaba también el avestruz un poco patoso–. ¡Y lo que pasa es que han desaparecido no sé cuántas gallinas!

—Solo dos.

Cerote trató de conmover los sentimientos de los animales de la granja y, hablando despacio, para que sus palabras parecieran más convincentes, les dijo:

—Quizá un joven león, perdido y asustado, abandonado por su propia manada, burló mi vigilancia y, para no morirse de hambre, entró en el gallinero. ¿No os da pena del pobre león?

—¡Pena dices! –exclamaron a la vez los gansos, los avestruces y los demás–. ¡Nos da pánico!

El remedio fue peor que la enfermedad.

Las últimas en llegar fueron las gallinas. Estaban tan indignadas con Cerote que ni siquiera cruzaron una sola palabra con él.

Lo rodearon por todas partes y luego, media docena de ellas, las más ágiles, revolotearon hasta posársele en la cabeza. Le quitaron la corona y con ella regresaron al gallinero.

Y Cerote, al verse sin corona, no sintió pena ni desencanto, sino un gran alivio.

Y en aquel momento descubrió Cerote que la amistad que sentía por los animales de la granja no era correspondida. Y este último descubrimiento sí que le causó tristeza.

18   *Insomnio*

EL señor Moto, la señora Luma y sus hijos, Maluto y Toluma, también hablaron aquella mañana con Cerote.

El señor Moto le dio unas palmaditas amistosas en el lomo.

—No te preocupes, Cerote. Nadie es perfecto, y a pesar de lo que ha ocurrido esta noche, sigo pensando que eres el mejor guardián que he tenido.

—Dos gallinas solo son dos gallinas –añadió la señora Luma–. No pasa semana sin que alguna de esas gallinas acabe en una de mi cacerolas.

—No estés triste, Cerote –le dijo Maluto, al comprobar que el rinoceronte tenía el gesto un poco apesadumbrado.

—Seguimos siendo tus amigos –dijo también Toluma.

Cerote, emocionado por aquellas palabras y por las muestras de comprensión que demostraban el señor Moto, la señora Luma y sus hijos, decidió contarles la verdad, pues pensó que ellos se apiadarían también del joven león.

—Se llama Flan y es todavía un cachorro. Anda solo por ahí, perdido. Me dio pena y lo dejé pasar.

—¿Tú lo dejaste pasar? –preguntó el señor Moto, como si no hubiera entendido las palabras de Cerote.

—Llevaba muchos días sin comer. Estaba tan flaco que se le notaban todos los huesos.

—¡Te has vuelto loco! –exclamó el señor Moto–. ¡Los leones son nuestros enemigos!

—Flan no lo es.

—Pero lo será cuando se haga mayor.

—Flan es obediente y sabe cumplir su palabra –insistió Cerote–. Me aseguró que solo se comería dos gallinas y lo cumplió.

—Anoche se conformó con dos gallinas, pero cuando se haga mayor se comerá un cebú entero. Debes comprender que los animales salvajes son nuestros enemigos.

—¡Yo también soy un animal salvaje! –exclamó Cerote con orgullo.

El señor Moto echó mano a sus ideas sobre las granjas, las tierras cultivadas, el progreso... Con ellas trató de convencer definitivamente a Cerote.

—Todas las personas que vivimos en estas tierras queremos que cada año den mejores cosechas. Así, cuando nuestros hijos las hereden, podrán vivir mejor que nosotros.

—También vivirán mejor los hijos de nuestros amigos y vecinos –continuó la señora Luma–. Y los vecinos de sus vecinos, y los amigos de los vecinos de sus amigos, y los vecinos de los amigos de los vecinos de sus amigos.

—Conseguiremos que el país entero viva mejor y que el continente africano prospere de una vez.

—¿Y qué pasará con los animales salvajes?

El señor Moto y la señora Luma se miraron y se encogieron de hombros.

Aunque Cerote se dio un larguísimo baño en la charca, rebozándose en el barro una y otra vez, y luego se tumbó al sol cuan largo era, no consiguió dormir ni un instante.

Muchos pensamientos acudían a la vez a su mente y alejaban el sueño.

Aquellas tierras no pertenecían solo a los seres humanos. También pertenecían a los animales que siempre habían vivido en ellas, moviéndose libremente de un lado a otro.

Él sabía que, al contrario que los seres humanos, los hijos de los animales salvajes vivirían peor que los padres, mucho peor que los abuelos, muchísimo peor que los bisabuelos e infinitamente peor que los tatarabuelos.

Algunas especies ni siquiera podrían sobrevivir mucho tiempo, y no ignoraba que los rinocerontes serían de los primeros en desaparecer.

19 *Ya estábamos aquí*

AL atardecer, cuando ya todos los animales de la granja se habían metido en sus corrales, Cerote paseaba de un lado a otro, tratando de poner un poco de orden en sus pensamientos.

Sintió pasos y volvió la cabeza. Eran Maluto y Toluma, los hijos del señor Moto y la señora Luma.

—Nos vamos a dormir –le dijo Maluto– y hemos querido venir a darte las buenas noches.

—Tenemos que acostarnos pronto para

madrugar mañana –le explicó Toluma–. El colegio está lejos y las clases comienzan temprano.

—Sois muy amables –les respondió Cerote–. Yo también os deseo que paséis una buena noche.

Entonces Cerote tuvo una idea y les hizo una pregunta a Maluto y Toluma:

—¿Habéis aprendido ya a leer y a escribir en el colegio?

—Sí, aunque todavía lo hacemos despacio –respondió Maluto.

—Nuestros padres dicen que es muy importante que aprendamos a leer, a escribir y muchas otras cosas más. Ellos aseguran que cuanto más aprendamos los niños ahora, más próspero será nuestro país, y el futuro del continente africano...

—¿Me haríais un favor? –les interrumpió Cerote.

—Sí –respondieron a dúo Maluto y Toluma, sin dudarlo ni un instante.

Cerote les pidió que cogiesen un papel en blanco, grande, y un lápiz. Luego les dijo que escribieran algo en aquel papel.

—Haced la letra grande y clara, para que se entienda bien.

—¿Y qué debemos escribir?

—Escribid lo siguiente: ANTES DE QUE EXISTIERAN LOS SERES HUMANOS, LOS ANIMALES SALVAJES YA ESTÁBAMOS AQUÍ.

—¿Qué quiere decir esto? –preguntó Maluto.

—Si lo pensáis durante un rato, descubriréis fácilmente el significado. Y cuando seáis mayores y heredéis las tierras de vuestros padres, no lo olvidéis.

Cuando Maluto y Toluma terminaron de escribir aquellas palabras, con letra muy grande y muy clara, Cerote les dijo:

—Ahora clavadlo en el tronco de un

árbol, al lado de vuestros dibujos, para que se vea bien.

Después de clavar aquel papel en el tronco de un árbol con una chincheta, Maluto y Toluma se fueron a la cama.

Y cuando la noche había caído por completo sobre aquellas tierras del este de África, situadas no muy lejos del gran lago Victoria, quizá en Kenia, o quizá en Uganda, o quizá en Tanzania..., Cerote abandonó la granja.

Sabía que desde aquel momento su vida volvería a estar en peligro, por culpa de los cazadores ansiosos de quitarle su enorme cuerno. Pero no le importó.

Caminó sin rumbo, hacia donde le guiaba su instinto, y no había transcurrido más de una hora cuando escuchó un ruido que provenía de la maleza.

—¿Quién anda por ahí? –preguntó en tono amenazador.

—Soy yo, Flan –respondió el cachorro de león.

Cerote y Flan se contaron sus respectivas penas. Los dos estaban solos y en peligro. Pero ninguno quería renunciar a su tierra y a moverse por ella libremente, como lo habían hecho sus antepasados.

—Entonces, ¿adónde irás ahora? –le preguntó Flan.

—A cualquier lugar –se limitó a responder Cerote.

—¡Qué casualidad! –rió Flan–. Yo también pensaba ir a... cualquier lugar. Estoy pensando que podríamos ir juntos.

—¿Un rinoceronte y un león?

—¿Y por qué no?

Y ambos echaron a andar.

—Esto puede ser el comienzo de una gran amistad –dijo Cerote mientras se alejaban.

ÍNDICE

Si te ha gustado este libro, también te gustarán:

Amalia, Amelia y Emilia, de Alfredo Gómez Cerdá
El Barco de Vapor (Serie Azul), núm. 53

Amalia, Amelia y Emilia son tres brujas amiguísimas que pasan una temporada en Urbecualquiera. Lo que más les gusta es pasear por el maravilloso bosque de Cantamilanos, que está a las afueras de la ciudad. Pero un día, el Ayuntamiento aprueba un plan que puede terminar con esos paseos...

¡Cuidado con los elefantes!, de Ulf Nilsson
El Barco de Vapor (Serie Azul), núm. 81

Los padres de Max se van de viaje y él se queda encargado de la tienda de animales. ¡Menudo trabajo! Pronto la fama de Max se extiende por la ciudad y todos quieren que cuide de sus mascotas: ¡monos, tigres, elefantes...!

El oso que leía niños, de Gonzalo Moure
El Barco de Vapor (Serie Azul), núm. 96

Ñum-ñum era un osezno que vivía al otro lado de la página. O sea, que era un osito de cuento. Pero allí, desde el otro lado, era capaz de leer las distintas historias de los niños que le leían a él. Por eso, si lees este libro, Ñum-ñum también podrá leerte a ti...

EL BARCO DE VAPOR

SERIE AZUL (a partir de 7 años)